# ESSAIS POÉTIQUES

PAR

EUGÈNE LEBLANC
(de la Louisiane).

PARIS
Colomb de Batines, 15, quai Malaquais;
Nouvelle-Orléans
ALFRED MORET, rue Royale; | ALEXANDRE PAYA, rue de Chartres.
1842

# ESSAIS POÉTIQUES

IMPRIMERIE DE J. BELIN-LEPRIEUR FILS,
rue de la Monnaie, 11.

# ESSAIS POÉTIQUES

PAR

EUGÈNE LEBLANC
(de la Louisiane).

PARIS
Colomb de Batines, 15, quai Malaquais;
Nouvelle-Orléans
ALFRED MORET, rue Royale; | ALEXANDRE PAYA, rue de Chartres.
1842

# DÉDICAGE.

*A mon Père & à ma Mère.*

I

## CE QUE J'AIME.

J'aime l'eau qui murmure
Sous un vieux pont ;
A voir l'étoile pure
Briller au fond.

La brise bienfaisante
A mon amour.

Aussi l'oiseau qui chante
Durant le jour.

Une nuit étoilée
Parle à mon cœur,
Le bruit de la feuillée
A ma douleur.

J'aime un riant parterre
Semé de fleurs ;
Une fille en prière,
Les yeux en pleurs.

J'aime à prêter l'oreille
Au bruit charmant
De mon fils qui s'éveille
En souriant.

Sa mère est dans ma vie
Un doux parfum,
Que mon âme ravie
Voile à chacun.

Juillet 1838.

## II

### POÉSIE DÉDIÉE A MES SŒURS.

Si j'étais papillon à l'aile d'or qui brille,
Je voudrais voyager ; j'irais de ville en ville,
Je laisserais mes fleurs, pour de plus belles fleurs.
Par le vent emporté, je traverserais l'onde
Jalouse de mon sort, furieuse et qui gronde,
Et j'irais voir mes sœurs !

Le soir, lorsque tout dort, qu'on rêve, et qu'on repose,
Autour de leur chevet, sur leur front pur et rose
Je viendrais me poser. Le jour dans le vallon,
Agitant au soleil mes scintillantes ailes,
J'irais parler de vous, mes sœurs, aux fleurs nouvelles,
Si j'étais papillon.

Juillet 1838.

## III

## Souvenir.

La nuit était bien belle !
« Près de moi, viens,
« Mon frère, » me dit-elle !
— Je m'en souviens.

« Sais-tu, mon frère Eugène,
« Je pars demain !

« Vrai ! te quitter, me peine,
« Petit parrain ! »

Une larme brûlante
L'interrompit ;
Sa voix était tremblante :
Elle reprit :

« J'adresserai ma prière
« Au ciel, le soir;
« Je prierai Dieu, mon frère,
« Pour te revoir ! »

Juillet 1838.

## IV

## A mon Fils.

Viens, mon enfant, viens rire, assis sur mes genoux :
Pourquoi pleurer ainsi ? n'as-tu pas une mère ?
Et puis Dieu dans le ciel, si bon, si doux pour nous...
Enfant ! sèche tes pleurs, tu fais peine à ton père.

Tu dis si bien « papa ! » quand tu veux gazouiller,
Et mieux encor « maman ! » Tu sais si bien sourire,

Quand le soir tu t'endors, blotti dans l'oreiller.
Ange ! pourquoi pleurer, lorsque tu devrais rire ?

Plus tard, quand d'autres jours sur ton modeste front,
Sur ton front vierge encor de tempête et d'orage,
Quand ces jours à venir en foule passeront ;
Tu pleureras alors les jeux de ton jeune âge !

Viens, mon enfant, viens rire, assis sur mes genoux :
Pourquoi pleurer ainsi ? n'as-tu pas une mère ?
Et puis Dieu dans le ciel, si bon, si doux pour nous…
Enfant ! sèche tes pleurs, tu fais peine à ton père.

27 septembre 1338.

## V

## L'ATTENTE.

J'aime à lui dire
Qu'elle a mon cœur,
Que son sourire
Fait mon bonheur.

Voilà pourquoi dans la nuit sombre
Je porte en mon cœur un flambeau,

Et que ma main cherche dans l'ombre
Sa main ; mon œil, son œil si beau !

J'aime à lui dire
Qu'elle a mon cœur,
Que son sourire
Fait mon bonheur.

Rien ! pas une robe de femme :
J'ai cru, lorsque du haut des cieux
L'étoile me jeta sa flamme,
J'ai cru, mon ange, voir tes yeux.

J'aime à lui dire
Qu'elle a mon cœur,
Que son sourire
Fait mon bonheur.

Septembre 1838.

# VI

## LE BERGER.

Vivre obscur, c'est vivre heureux.
OVIDE.

Que ton sort est heureux, jeune berger qui chantes
Les premiers feux du jour, au bord frais du ruisseau !
Les rumeurs de la foule à mon cœur sont pesantes,
Je voudrais être toi, n'avoir que mon troupeau.

Sous l'aubépine en fleurs, où l'ombrage t'abrite,
Tu recueilles les chants du tendre rossignol.
Ta chevelure au vent, se déroule et s'agite
Comme une aile d'oiseau qui bat et prend son vol.

Tu vis en paix ! la nuit, quand son voile s'étend
Sur les bois arrosés, le son doux et rustique
De ton gai chalumeau, du mouton indolent,
Annonce le retour au foyer domestique.

Ton père, ton vieux père à pas lents se promène
Sur l'herbe où de la nuit brillaient encor les pleurs,
Quand il te vit partir. Sa vie est ton haleine
Qu'il aspire en rêvant, comme un bouquet de fleurs,

Ta mère avec amour, de jeunes sœurs peut-être,
En cercle sous la treille, apprêtent ton repas ;

Un bruit se fait entendre, et l'on voit reparaître
Le petit montagnard, sa flûte sous le bras.

Du lait, des fruits, du cidre, appellent les convives :
Des filles aux regards pleins d'amour et de feux
Descendent le sentier, folâtres et naïves,
Des roses sur leur front baigné de longs cheveux.

Amour et gaîté folle à leur festin président ;
Ces bons vieux paysans à l'air grave et rêveur,
Tous ces vieux fronts ridés, tout à coup se dérident ;
Sur leurs traits se font voir le plaisir, le bonheur.

On entend bientôt l'heure, et sa voix argentine
Que répètent au loin les bois de la colline :
C'est l'heure du repos, où chacun à l'autel
Va donner à genoux son âme à l'Eternel.

Mai 1838.

## VII

### A ***

Ton col ainsi couvert de ta noire mantille
Est plus blanc que la neige, et ton œil si doux brille
Comme l'étoile aux cieux.
Dans mes rêves le soir je te revois plus belle,
Ton front est couronné, comme l'aube nouvelle,
De rayons gracieux.

Si le grand univers et toute sa fortune,
Le beau ciel étoilé, le soleil et la lune
Se trouvaient sous ma loi :
Je viendrais déposer à tes pieds blancs et roses
Cet immense trésor, toutes ces grandes choses,
Pour un baiser de toi !

Juillet 1838.

## VIII

### C'ÉTAIT UN SOIR!

La nature à mes yeux s'offrait calme et charmante ;
A peine entendait-on, au loin, l'oiseau qui chante
La prière du soir.
L'onde à peine, en passant, se plaignait au rivage,
Et la lune plongeait sa pâle et douce image
Dans l'humide miroir.

C'était dans un bois sombre, et l'épaisse feuillée
Cachait à mes regards cette tente étoilée
D'où l'œil de Dieu nous suit ;
Sur mes deux bras jaloux se posaient avec grâce
Deux petits bras, légers comme l'ange qui passe
Dans mes rêves la nuit.

Ce souvenir parfois, ici-bas dans la vie,
Jettera dans mon cœur un baume qu'on envie,
Parfum consolateur, rayon venant des cieux !
En secret et tout bas, je dirai : loin des villes,
J'ai connu dans les champs deux tendres jeunes filles
Dont j'aimais les beaux yeux !

Septembre 1838.

## IX

### A ***

La branche a son oiseau,
L'enfant a son berceau,
La fontaine a son ombre,
L'homme au cœur triste et sombre
A dans son cœur l'amour,
Comme la nuit son jour.

Puisque tout ici-bas porte en soi sa musique,
Puisque avril donne aux bois un chant mélancolique,
Pourquoi ne rien donner ?
Ange, aimons-nous ! vois-tu, l'amour seul nous fait vivre,
Laisse-moi dans ton cœur, comme dans un beau livre,
Lire, aimer et rêver !

Ce que j'aime, c'est toi, c'est ta blanche figure,
Ce sont tes beaux yeux noirs, c'est ton âme si pure
Qu'on peut en voir le fond ;
C'est ton cœur plein d'amour, tes baisers, tes caresses,
Ta bouche qui sourit, ce sont ces longues tresses
Qui couvrent ton beau front.

Dans les bois, sur les monts, aux bords frais des ravines,
Dans ces longs corridors de vertes feuillantines,
Je te vois près de moi ;

Je vois tes traits charmants dans le nid ou repose
L'oiseau frèle et craintif; je te vois dans la rose,
Et toujours, toujours toi !

Septembre 1838.

# X

# A MA MÈRE.

> La famille de l'homme n'est que d'un jour, le souffle de Dieu la disperse comme une fumée. A peine le fils connaît-il le père, le père le fils, le frère la sœur... Le chêne voit germer ses glands autour de lui; il n'en est pas ainsi des enfants des hommes.
>
> CHATEAUBRIAND (*Génie du Christianisme*).

Souvent dans mon esprit, prompt à s'effaroucher,
Se retracent les jours passés près de ma mère;

Le cœur épanoui, je me plais à chercher,
Dans l'oubli du passé, mes trois sœurs et mon frère :

Et je revois ma mère, et je revois mes sœurs :
Ma mère qui berça mon enfance bénie ;
Je revois mes trois sœurs, l'aurore de ma vie ;
Mon seul ami, mon frère..., et mes yeux sont en pleurs.

Je cherche en vain leur bouche, en vain s'ouvrent mes bras :
Mais hélas ! rien, seigneur, qu'un vide qui m'accable !
Hier, un même toit nous abritait, hélas !
Nous étions en famille autour de notre table !

J'étais heureux alors ! Comme l'oiseau des bois
J'avais l'air, je chantais ; mon âme était sereine
Et débordait d'amour comme une coupe pleine ;
Ma mère était là qui répondait à ma voix !

Si quelquefois mon front soudain s'assombrissait,
Que de mots consolants ! que de charmantes choses
Ma mère en souriant aussitôt m'adressait !...
Un soir — c'était je crois en la saison des roses, —

Comme elles je pleurais en attendant le jour,
Comme elles j'attendais qu'un rayon de lumière,
Parfum d'ambre et de miel dans cette vie amère,
Vînt réchauffer mon cœur, sombre et gai tour à tour;

Lorsque je vis ma mère à grands pas s'avancer,
Me tendre ses deux bras en m'appelant vers elle.
Mon chagrin avait fui ; je courus l'embrasser,
Mais mon œil étonné, sous sa noire prunelle

Entrevit une larme... Est-ce que vous souffrez,
Ma mère ? mais ces pleurs, dites, oh ! qui les cause ?

Qui peut troubler ainsi cette eau qui se repose
D'un cristal aussi pur?... « Mon enfant, vous saurez

« Qu'un malheur imprévu, pour un pays lointain,
« M'oblige à vous quitter. Que Dieu soit votre guide! »
Dix jours après ma mère avait pressé ma main;
Puis un large vaisseau sillonna l'onde humide.

. . . . . . . . . . . . . .
. . . . . . . . . . . . . .
. . . . . . . . . . . . . .
. . . . . . . . . . . . . .

Oh! ma mère, oh! ma mère, est-ce réalité,
Ou bien n'est-ce qu'un songe aux trompeuses images?
Est-il vrai que le ciel en jetant sa clarté,
Dans notre âme a gravé : souffrez et soyez sages!

Songe ou réalité, je m'abandonne à Dieu.
Je pense à lui le jour, et le soir sur la grève
A Dieu je pense encore ; à sa grandeur je rêve,
Les yeux fixés au ciel, son vaste manteau bleu.

28 octobre 1838.

## XI

### A ***

Votre voix est une âme, aimable enchanteresse !
Dante vous eût faite ange et Virgile déesse...
Votre chant gracieux
Recèle un sentiment qui me charme et m'attire
Près de vous, ô mon ange... et ma trop faible lyre
Se tait devant vos yeux.

Que ne suis-je poëte à la pensée ardente !
Poëte au large front, comme Virgile ou Dante !...
Oh ! que vos doigts charmants
Et votre bouche rose où sourit l'harmonie
Inondent ma jeune âme immortelle et bénie,
Et d'amour et d'encens !

## XII

### A mon ami A. M.

Ami, te souviens-tu du jour que nos deux cœurs
S'ouvrirent l'un à l'autre? on eût juré deux fleurs
Qui s'ouvraient au soleil. Ensemble nous causâmes
De poésie et d'art, et de l'homme puissant
Qui remua le monde et qui vécut de sang ;
D'Hugo, de Lamennais, de ces deux grandes âmes,
Nous en avons causé, comme on cause des dieux,
Tant ils sont grands et pieux.

Tu me fis voir, ami, dans d'admirables vers,
L'empereur et l'enfant, maintenant par les vers
Rongés dans une tombe.....
Car voilà le destin, nous sommes ici-bas
Comme la feuille au vent qui sèche sous nos pas
Aussitôt qu'elle tombe.

Jeunes, pleins d'avenir, de nos deux destinées
Nous vînmes à parler ; nos deux âmes bercées
Souriaient de bonheur :
Mais un éclair soudain vint jeter la tristesse,
Ami, sur nos deux fronts rayonnants de jeunesse.
Depuis, je suis rêveur...

Et je prends en pitié l'injustice des hommes ;
Je vois autour de nous, poussière que nous sommes,
Se grouper les méchants,

Comme on voit, affamés, au coin d'une masure,
Ces chiens se disputer des chairs en pourriture
Ou de vieux ossements.

Oui le monde est injuste ; il repousse et déchire
L'homme simple, modeste ; accueille d'un sourire
Cet autre sans honneur :
La mission de l'un, sincère, pure et sainte ;
La mission de l'autre, où domine la crainte,
Vile et pleine d'horreur.

Fidèle à ses devoirs, ayant horreur du vice,
Le premier, libre et fort, combat pour la justice
Avec humilité ;
Il souffre avec bravoure, il souffre sans murmure
Les plus durs traitements, la plus large blessure,
Mais pour la vérité.

Le second, au contraire, a pour lui le mensonge,
Qui marche à ses côtés, qui le mine et le ronge
Jusque dans son sommeil;
On le voit entasser, estime, honneurs, richesses :
Le soir, il est gonflé d'orgueil et de bassesses,
De même à son réveil.....

Le monde est ainsi fait; plus il avance en âge,
Plus il devient méchant; quand deviendra-t-il sage ?..
Problème ténébreux.
Un de ces soirs d'été, par un beau clair de lune,
Nous en reparlerons, ami, sans haine aucune,
Gravement tous les deux.

1838.

## XIII

### A V..... H....

J'aime à lire tes vers, poëte gracieux !
Ils laissent dans mon cœur un bruit harmonieux,
Un concert qui m'enchante :
Je regarde, et crois voir de brillantes couleurs ;
J'écoute, et crois entendre, en un bosquet de fleurs,
Une lyre vibrante !

La campagne, les bois, le beau lac argenté
Où l'astre de la nuit, rayonnant de beauté,
S'élargit et s'allonge ;
Ce tableau grandiose, ô poëte charmant !
Se déroule à mes yeux, le soir, en te lisant,
Et je crois faire un songe.

Je crois, par intervalle, entendre un frêle oiseau
Qui se pose endormi sur un tendre arbrisseau
Qui s'agite et frissonne ;
Je crois entendre aussi, dans l'épaisseur du bois,
Au travers des vieux troncs, l'harmonieuse voix
D'un vent frais qui résonne...

24 octobre 1838.

## XIV

### A ***

Te voilà donc enfin dans Paris où tout brille ;
Paris, centre des arts, la grande et belle ville
Où l'on voit la pensée au grand galop courir...
Je voudrais voir Paris, Paris la cité mère,
De son nom glorieux si coquette et si fière,
La voir, et puis mourir !

Sur ses quais autrefois, on voyait comme un phare
Passer Napoléon au bruit de la fanfare;
Cet homme souverain, l'aigle qui faisait peur :
Aussi la France est fière; aussi, pleine de gloire,
L'entend-on répéter ce grand cri de : Victoire!
Qui fait bondir son cœur.

Oui, je tiens à le voir ce beau pays de France;
C'est un désir charmant, c'est un rêve d'enfance
Que j'aime à caresser;
C'est le cri de l'enfant, le jour quand il s'éveille;
C'est un concert divin qui frappe mon oreille,
Et qui ne peut cesser.

Si jamais le Seigneur qui seul de nous dispose;
Ce maître qui déplace et place chaque chose
Selon sa volonté,

Me fait toucher le sol du pays que je chante,
J'irai voir cet endroit de la ville élégante,
Par ma mère habité.

J'irai poser mon front sur le sein de ma mère ;
Lui dire que la vie est dure et bien amère
Sans baisers maternels ;
Mais que je suis heureux, que ma vie est moins sombre
Près d'elle, à ses côtés, et que je suis au nombre
Des bienheureux mortels.

23 novembre 1838.

XV

Dès le matin j'étais sorti ;
Mais triste, comme d'ordinaire,
Tout inquiet, appesanti :
Elle souffrait, bonne grand'mère !
Lorsqu'auprès d'elle, je revins,
Ses enfants entouraient sa couche ;
Froides étaient déjà ses mains,
Je baisai tendrement sa bouche.

Adieu, adieu, grand'mère, adieu!
J'entends sonner ta dernière heure :
Il faut nous quitter ; mais le lieu
Sombre et triste de ta demeure,
Verra souvent l'enfant gâté.
Tu lui chanteras les louanges
Du Seigneur Dieu plein de bonté,
Chant du ciel, le chant pur des anges!

Mes sens enivrés de ton chant,
Aux cieux, s'envoleront rapides,
Comme l'ange ailé, voltigeant
La nuit sur ces tombeaux humides!
Rien de ce qui passe ici-bas
Troublera, là-haut, ma prière,
Et mes jours sereins, n'est-ce pas?
Couleront à tes pieds, grand'mère!

Avril 1838.

## XVI

### SI VOUS L'AVIEZ VUE!

Rien de plus joli qu'elle : oh ! la nuit est moins pure
Que son souffle odorant, frais ruisseau qui murmure,
Doux zéphyr parfumé !
Dans ses grands yeux divins, les miroirs de son âme,
Se balance l'amour en vous jetant sa flamme....
Si j'en étais aimé !....

Quand je la vis, un soir, mon Dieu ! qu'elle était belle !
Pour la première fois, de sa noire prunelle,
Je compris le pouvoir.
Si j'avais été roi, j'eusse donné mon trône ;
J'eusse entouré son front de ma riche couronne
Pour baiser son œil noir !

Sa figure était calme, angélique, charmante,
Le cygne eût admiré la blancheur éclatante
De cet ange exilé ;
Sur son col gracieux voltigeait sa mantille,
Elle était, ma beauté, l'astre des nuits qui brille
Dans son ciel étoilé !

1839

## XVII

### Vers sur l'Album de ***

Aimable jeune fille aux yeux purs et touchants,
Qui voulez écouter les plaintes et les chants
D'un tout jeune poëte ;
Ne soyez pas sévère, et qu'un mot protecteur,
Sorti de votre bouche, aille adoucir son cœur
Toujours sombre et sans fête.

Votre sourire est doux, rien en vous n'est moqueur ;
Vos regards innocents où rêve le bonheur
Où la bonté rayonne,
Sur ses vers attristés un jour se poseront :
Cet espoir consolant vient éclairer son front,
Qu'un nuage couronne !

1839.

## XVIII

*SONNET.*

Celui-ci pour de l'or consacrerait ses veilles,
Sacrifierait son cœur, et son âme au besoin ;
Et se ferait plutôt couper les deux oreilles,
Que de mourir un jour malheureux dans un coin.

Celui-là plus galant voltige autour des belles ;
Du nœud de sa cravate on le voit prendre soin ;

Il est le colporteur de toutes les nouvelles :
Quant aux soucis amers, il les chasse fort loin.

Chacun a son plaisir qu'il savoure et caresse ;
L'un son âne et son chien, et l'autre sa richesse.
Mon suprême bonheur à moi, c'est mon enfant.

J'aime à mêler son nom le soir dans mes prières ,
Le matin à couvrir de baisers ses paupières,
A presser sur mon sein cet être si charmant.

## XIX

### ACTION DE GRACE.

Merci, merci mon Dieu. Pauvre enfant solitaire,
Esquif sans gouvernail parmi les flots humains,
Vous m'avez dans le port conduit par vos deux mains:
Port céleste et seul sûr ! merci, merci mon père !

Vous seul saviez, mon Dieu, tout ce que ma jeune âme
Contenait d'amertume et d'ennuis et de pleurs ;

Aussi vous avez eu pitié de mes douleurs ;
Vous m'avez enivré de votre douce flamme.

Depuis ce jour j'attends ; et quand l'heure éternelle
S'abattra sur mon front pour être à vous, mon Dieu,
Au monde sans regret je dirai mon adieu,
Pour un monde meilleur où notre âme est plus belle.

9 mai 1839.

XX

## Mes vieux Amis.

Mes instants de loisir sont dus à mes vieux livres ;
Ils sont pour mon esprit de délectables vivres,
Succulents, savoureux.
Tel un convive heureux qui largement s'étale
Devant un bon repas, ainsi je me régale
De mes livres poudreux.

Venez à mes côtés, troupe silencieuse,
Fidèles compagnons ; mon âme est plus pieuse
Parmi vos fronts sereins.
Près de moi, rangez-vous, ouvrez vos grandes pages ;
J'y vois de beaux pays et de charmants rivages ;
J'y laisse mes liens.

Venez mon vieux Milton, et vous ma Sainte-Bible,
Simple, majestueuse, auguste, indestructible ;
Esprit qui vers le soir
Venez éteindre en moi les bruits sourds de ce monde :
Ne vous éloignez pas, votre aspect saint m'inonde
Et d'amour et d'espoir.

Vous, au moins, vous n'avez ni colère, ni haine ;
Vers vous aussi je sens qu'un doux penchant m'entraîne,
Et je me laisse aller :

Peine inutile, hélas ! que de verser sa plainte
Dans le cœur des humains ; mes pleurs, ô Bible sainte
Sur vous devront couler.

1839.

## XXI

Alter alterius onera portate, et sic adimplebitis legem Christi.
SAINT PAUL.

L'entendez-vous au loin, le peuple à la voix rauque,
Ce bon peuple indigent et dont le grand se moque ;
Qui sous l'habit troué cache un cœur généreux,
L'entendez-vous ? Eh ! bien, contre vous il murmure ;
Orphelin outragé, Dieu sait ce qu'il endure,
Et Dieu le vengera, car il est malheureux.

Pour le traiter si mal, vous, ô grands de la terre,
Qu'êtes-vous? le brin d'herbe, ou plutôt la poussière
Que tous à chaque instant nous foulons sous nos pieds;
Vous si grands et si peu..... c'est une étrange chose!
Riches, tremblez, tremblez, la mort vient et se pose
Et sur l'humble grabat et sur les lits dorés.

Puis quand on est là-haut au sanctuaire auguste,
Tribunal redoutable où doit pâlir l'injuste,
Selon nos œuvres Dieu récompense ou punit.
Ces âmes qui jadis, hier encor dédaigneuses,
Etalaient la fierté de leurs *vertus* fangeuses,
N'auront à déposer qu'un vain luxe et du bruit.

Comme un tronc desséché que l'insecte dévore,
Le pauvre à votre seuil est là qui vous implore.
Riches, daignez jeter un doux regard sur lui;

Dans sa main répandez l'aumône qui console ;
Dans l'urne de son cœur versez une parole ;
Car la lie y repose et le nectar a fui.

Mais ne l'offensez pas ; car il a l'âme fière.
Susceptible est le pauvre, et le pauvre préfère
Au présent dédaigneux son vieux pain dur et noir :
Donnez avec amour. Comme à l'enfant qui pleure
La mère offre son sein, allez en sa demeure,
Heureux à votre tour, offrir votre or le soir.

1839.

## XXII

### A mon ami ***

Quel besoin plus puissant nous donna la nature,
Que de communiquer les chagrins qu'on endure,
De faire partager sa joie et sa douleur,
Et dans un cœur ami de répandre son cœur?

DELILLE.

Vous voilà de retour d'un de ces longs voyages,
Ami ; comme autrefois,
Enthousiaste du beau.— Bien changés sont nos âges :
Du temps ce sont les lois.

Vous partîtes enfant, enfants nous nous laissâmes,
Nourris d'illusions ;
Nous livrant à la joie, au printemps de nos âmes,
Riches de visions.

Nous voilà réunis, comme un jour nous le fûmes ;
Mais hommes tous les deux :
Pauvres pêcheurs, hélas ! du destin nous reçûmes
Le coup si rigoureux :

Vous, sous le beau ciel bleu, sur des mers agitées,
Dans des pays lointains ;
Moi, sous les toits brûlants des maisons briquetées,
Toits noircis et malsains,

Vous fûtes plus heureux ; car heureux encor l'être,
( Quand l'ennui, ce pédant,

Se pose devant lui, sombre, hideux comme un spectre)
Qui peut en souriant

Dérouler à ses yeux la liste enchanteresse
Des nombreux souvenirs.
Bien amers sont les miens : pensive, ma jeunesse
S'effeuille en vains désirs.

Mais oublions. — Ami, quand viendrez-vous me dire
Tout ce que vous savez
Des hommes et des lieux? Lorsque le jour expire,
A mon foyer, venez.

Venez, et parlez-moi de la France soumise
Jadis sous l'empereur;
Parlez-moi de Paris, ensuite de Venise;
Des plaisirs de son cœur;

De la place Saint-Marc, du vieux palais du doge,
Des bateaux peints en noir,
De l'église Saint-Marc, et la tour de l'horloge,
Qu'on dit si belle à voir;

Venise et ses maisons, au milieu des lagunes,
Sur de gros pilotis;
Venise dont le sein renferme tant de brunes,
Aux grands yeux si jolis:

Contez-moi tout cela. — Ami, venez répandre
Vos plaisirs, vos chagrins,
Vos ennuis, dans un cœur digne de vous comprendre;
Votre main dans mes mains,

Restons ainsi longtemps; échangeons des paroles
De paix et de bonheur;

Votre retour me fait oublier les gondoles
Et je suis moins rêveur.

Et puis de voyager, quand le désir m'assiége
J'ai mes autres amis :
Livres, que je lisais, tout enfant au collége,
Qui me rendent soumis.

Je lis Victor Hugo, je relis Notre-Dame,
Son Dernier Condamné :
Sublime plaidoyer des souffrances de l'Âme
A ce monde étonné !

Puis je lis, quelquefois, ces mots que je retrouve
A l'heure du sommeil,
Mots chers et consolants et qui font que j'éprouve
Un mieux à mon réveil :

. . . . . . . . . . . . . . . . .

. . . . . . . . . . . . . . . . .

. . . . . . . . . . . . . . . . .

« Et lorsque la sagesse entr'ouvre un peu ma porte ;
« Elle me crie : — Ami ! sois content. Que t'importe
« Cette tente d'un jour qu'il faut si tôt ployer ! »

1839.

## XXIII

# L'Écho !

(SONNET.)

Puisque l'homme, foyer d'amour insatiable,
Aspire à l'éternel et médite le beau ;
Que, pareil au reflet de la lune dans l'eau,
Du Seigneur, son esprit est l'image adorable ;

Bâtissons nos maisons sur roc inébranlable,
Afin que vent d'orage, océan et ruisseau,

Viennent s'y briser tous comme faible roseau :
Mais ne bâtissons pas, mes frères, sur le sable ;

Car la brise légère, ou l'aile qui voltige,
Pourrait de vos châteaux dans son vol, en passant,
Faire craquer la base au loin retentissant...

Architectes chrétiens que l'homme-roi dirige,
Nous érigerons, nous, des monuments pieux,
Dont l'austère beauté sera digne des cieux !

1840.

## XXIV

## Une Voix de Chrétien.

La grande œuvre du Christianisme est le développement de la force intellectuelle par celui de la sensibilité morale, et la prière est l'inépuisable aliment où ces deux puissances se combinent et se retrempent sans cesse.

GEORGE SAND.

Are not the mountains, waves and skies, a part of me and of my soul as I of them? BYRON.

Majestueux concert de la forêt prochaine,
Grand orgue inspirateur dont mon âme était pleine,

Sur les ailes du vent vous vous êtes enfui ;
Et pourquoi, seul ainsi, me laisser aujourd'hui ?
Reviendrez-vous bientôt, musique ravissante,
Fugitive harmonie en nos cœurs si vibrante ?
Vous reviendrez : sans vous la vie est un tombeau,
Notre corps un cadavre à jeter au corbeau.

Dans le ciel nébuleux tourbillonne la trombe,
Et la bise grelotte à l'angle de la tombe ;
L'arbre, comme un enfant, pleure son manteau vert,
Et frissonne au grand vent, de glaçons tout couvert ;
Les égoûts sont gelés, la terre est glaciale,
La mort, sur nos maisons, chante une hymne infernale.

Dans la clairière, au loin, d'où sort un chant plaintif,
Là-bas, ami, vois-tu ce vieux chêne chétif
Qu'a sillonné la foudre, et dont la cime nue,

Veuve de chevelure, étale dans la nue,
Avec orgueil encor, ses restes amaigris ?
Au long de l'arbre-roi, pendent tout rabougris,
Comme des bras humains, quelques rameaux sans vie,
Qui cassent aussitôt que le bouvreuil les plie ;
Sur son corps tout noirci plus d'oiseaux querelleurs,
Jouant dans ses bouquets touffus et pleins de pleurs ;
Le cossi gracieux de la svelte hirondelle
Ne vient plus l'égayer en l'éventant de l'aile ;
Autour de son squelette on ne voit plus l'aster,
L'aster, cet œil-de-christ : Dieu voulut que le ver
Vint aussi la ronger, cette plante vivace,
Dont la mysticité déployait avec grâce
L'amour chaste et divin du divin créateur.

Arbre, te voilà donc sans un médiateur,
Plus rien autour de toi qu'insectes qui bourdonnent,
Que serpents affamés qui fouettent ou qui sonnent,

Fidèles compagnons de ton malheureux sort,
Seuls gardiens dévoués veillant sur ton trône mort!

O symbole muet de l'humaine misère!
Cœur d'homme sillonné par la foudre en colère,
Foudre du scepticisme! Arbre-homme vicieux,
Que rongent sourdement ces serpents venimeux
Nommés les passions, que ta chute m'afflige!
Frères, je voudrais... Mais, comme une faible tige,
Je sens pencher ma tête et fléchir mes genoux,
Impuissant est mon cœur, je ne puis rien pour vous.
De la vie on a fait, hélas! un parc immonde,
Une vaste écurie où le fumier abonde;
L'homme s'y va vautrer, brute sans volonté,
Et comme elle sans foi dans l'immortalité!

Eh bien! je suis croyant, et je m'en félicite;
Ascète plein d'ardeur, je cours à la poursuite

De toute vérité. Comme l'enfant mutin
Ouvre son âme en fleur aux brises du matin,
Ainsi s'ouvre mon âme à la brise mystique.
Je vais éperonnant toute chose impudique,
Toute chose mauvaise, au poitrail écumant,
Qui porte haut la tête et l'œil étincelant.
Il ne sera pas dit que mon âme croyante,
Pour la *belle* écurie à l'odeur répugnante,
Abdiquera son trône ; il ne sera pas dit,
Frères indifférents, que mon cœur s'engourdit :
Libre, j'y sens couler la sève qui déborde,
Et mon vaisseau joyeux au port enfin aborde.
C'est là notre patrie, oui, mes frères, à tous !
Au foyer paternel, venez, assemblons-nous ;
Notre vieux père en deuil, au front tout blanc de neige,
Pleure pour ses enfants que le malheur assiège :
Séchons vite ses pleurs, respectons ses vieux ans,
Que tout ce qu'ont nos cœurs d'égards, de soins charmans,

Que tout ce qui répand de l'attrait dans la vie,
Aussitôt soit versé dans son âme enrichie ;
Que la vierge Marie, invisible à nos yeux,
Du haut de son empire, en sons harmonieux,
Proclame au monde entier sa haute indépendance !
Point de société possible sans croyance,
Point de cœurs généreux, point de bons citoyens,
D'intègres magistrats, des peuples les soutiens.
Sans elle, la famille est une sale orgie,
Où l'époux dégoûtant, pâle, se réfugie ;
Et l'enfant à son tour, du mensonge abrité,
Comme le père aussi vient grossir la cité ;
Sans croyance, en un mot, l'homme n'est que matière.
Alors, vite un linceul ! qu'on porte notre bière !
Nous voulons désormais nous coucher à l'étroit,
Sentir nos corps pourrir dans le sépulcre froid.
L'or ne peut satisfaire aux besoins de nos âmes ;
Et, comme un fruit gâté, notre amour pour les femmes,

Quitte sa branche en deuil et tombe sur le sol,
Où l'esprit du démon le ramasse en son vol.
Poëtes qui chantez les fleurs de la prairie,
Suspendez un instant votre harpe fleurie,
Cessons de soupirer tous ces beaux chants d'amour ;
Le siècle agonisant meurt un peu chaque jour.
Dans un monde meilleur vous reprendrez la lyre,
Dans ce monde pervers nous n'avons qu'à maudire.
Allons, à l'œuvre donc ! que nos bras affermis
Arrachent l'édifice aux mains des ennemis ;
Et qu'un cri de victoire ébranle nos pensées,
Cathédrales du ciel en notre être entassées.

## XXV

### Vers sur l'Album de Monsieur ***.

## Le Forgeron.

(SONNET.)

Mon gros soufflet ventru reposé dans ses plis,
Le fonsoir à la main, le coude sur l'enclume,
J'attends, gai travailleur, que mon feu se rallume :
Souffleur, viens ranimer ses rayons affaiblis.

Vous, mes chers vêtements enfumés et salis,
Sans cesse retrempés dans le frasier qui fume,
Certes, vous valez ceux que l'on dore et parfume
Pour femmes aux doux yeux, au front blancheur de lis.

Mon gros soufflet ventru, c'est vous, ma foi si vive,
Qui soufflez le foyer de mon âme plaintive,
Les habits sont mes vers que le ciel m'a donnés.

Monsieur, dans votre Album où tant de gens bien nés
Sans doute ont fait assaut de bon ton et de grâce,
Au forgeron obscur feriez-vous une place?

16 mai 1840.

# XXVI

## Vers sur l'Album de Madame ***

Sur le seuil d'une église à la façade austère,
Sommeille un jeune enfant : son âme est en prière ;
Dans l'or de ses cheveux un rayon de soleil,
Frais baiser du Seigneur, vient bénir son réveil.
Pauvre orphelin fervent, tout couvert de guenilles,
Comme on en voit beaucoup mendiant dans les villes ;

Enfant sans toit, mais fier, qui sent battre son cœur,
Aime Dieu, croit, espère et sourit au malheur.

Vers cet enfant, un jour, une mère est venue,
Une femme aux doux yeux, à la voix ingénue,
Qui le prit dans ses bras, et, pleine de bonté,
Réchauffa sur son sein l'enfant et sa fierté.

Madame, seriez-vous cette mère si bonne,
Et mes vers, cet enfant sur qui l'aube rayonne?

23 avril 1840.

## XXVII

### LE VIEILLARD ET L'ENFANT.

(SONNET.)

« Enfant, si tu m'en crois, jette-là tes pinceaux,
« Tes couleurs, ta palette, et que ta vie errante
« Sans but dans l'avenir, sans étoile brillante,
« Soit la vie animale et brute des pourceaux.

« Dis, pourquoi tous ces vers, ces veilles, ces travaux ?
« Ces œuvres avec nous, dans la tombe béante,

« Iront pourrir, crois-moi ; sur la branche pliante
« De quelqu'arbre voisin crieront quelques corbeaux :

« Voilà tout. Je suis vieux et la vieillesse est mère
« D'une grande sagesse ; il est peu de mystère
« Qu'elle ne mette au jour : elle est la vérité. »

L'enfant dit au vieillard : « J'aime cette harmonie,
« J'aime à chanter l'auteur de la grâce infinie,
« Et mon âme est l'écho de l'immortalité ! »

8 novembre 1840.

## XXVIII

## *La Voix consolatrice.*

C'était un soir d'hiver, argenté, poétique,
La lune avec beauté me jetait sa pâleur ;
Mon cœur rempli d'amour, de voix et de musique,
S'ouvrait harmonieux à l'appel du Sauveur.

Et la bise avec bruit ballotait ma fenêtre,
La bise glaciale aux sifflements plaintifs,

Quand un frisson soudain parcourut tout mon être
Et j'entendis ces mots, hélas ! trop fugitifs :

« Malheur aux orgueilleux, source à jamais tarie,
« Hommes grands d'origine et que j'ai fait petits ;
« Démons murmurateurs contre ma loi de vie,
« Vautours déshérités aux charnels appétits.

« Gloire à vous, mon enfant, sur qui ce rayon brille ;
« Car vous avez dompté le démon infernal,
« Et comme l'ichneumon aux flancs du crocodile,
« Vous ne cherchez le bien qu'en combattant le mal. »

3 décembre 1810.

XXIX

# ARCHILOQUE.

(SONNET.)

Archiloque, salut, ô véhément poëte,
Inventeur de l'iambe, artiste bouillonnant,
Que l'île de Paros allaita tout enfant :
Un frais rayon du ciel en tes vers se reflète !

Salut à vous aussi, que le monde regrette,
O sculpteurs immortels au grand front rayonnant,

Phidias, Praxitelle! un soleil échauffant,
Enflammant la matière, exalta votre tête.

Par la pensée unis, nés et nourris tous trois
Sur un sol montagneux, en rêve je les vois,
L'un travaillant ses vers, les deux autres leurs marbres:

C'est très bien, mes amis! vous n'avez pas voulu
Passer dans ce bas monde au fronton vermoulu
Sans y laisser au moins quelques fruits à vos arbres.

14 octobre 1841.

## XXX

### LA POÉSIE.

I

La poésie est grande, elle est la sœur de l'âme ;
C'est l'enfant assoupi dans les bras de la femme ;
Toujours on trouve en elle innocence et beauté
Et cet amour profond pour toute vérité.
C'est le ciel, un instant, qui prête sa richesse
A son fils soucieux tout rongé de tristesse

Déjà vieux avant l'âge, inquiet, plus cassé
Qu'un mendiant assis au revers du fossé.
La Poésie est sainte ; elle a toujours ses ailes
Ouvertes aux vieillards ainsi qu'aux filles frêles,
Pour les abriter tous, et pour l'homme souffrant,
Elle garde un doux baume ainsi que pour l'enfant.
Elle donne au regard la céleste étincelle,
Aux gestes, à la voix, l'austérité si belle.
Ne lui demandez pas de l'argent ni de l'or :
Dans ses coffres divins dort un plus grand trésor,
Qu'elle a soin de répandre avec économie
Dans l'âme du fervent, dans toute main amie :
Il a cours sur la place ainsi qu'en tous pays,
Il vaut tous nos billets, ensemble réunis.
Ce précieux trésor, c'est la persévérance
Que ranime la foi pleine d'obéissance ;
C'est de dire à part soi : je suis homme de bien,
Mon nom n'est pas celui d'un mauvais citoyen !

Voilà la poésie ! immense, universelle,
La seule d'où l'on puise une joie éternelle.
L'aimer est donc utile, et nos chants un devoir.
Laissons bégayer ceux qui ne peuvent rien voir ;
La boiteuse raison dans sa marche tâtonne
Comme vieille à béquille, et toujours déraisonne ;
La foi franchit l'espace, arrive droit au but,
Dépose aux pieds du Christ le sort de son salut.

## II

Ce que veut le poëte aussi le veut le monde :
Le bien-être de tous, l'union si féconde,
L'union, cette mère au sein gonflé de lait,
Lait gras et généreux qui fait que l'on renaît
A la vie, au bonheur ! — Aimons-la bien, mes frères !
Que le lien moral soulage nos misères,
Abjurons à jamais ce trop vil intérêt,
Étroit et personnel ; que chaque homme soit prêt

A planter l'étendard de la liberté sainte !
C'est en sacrifiant sans injure et sans crainte
L'intérêt de chacun à l'intérêt de tous,
Que nous verrons le beau grandir autour de nous,
Comme un saint monument dont Dieu sera le PRÊTRE,
Devant qui l'univers devra bientôt paraître.
N'y montez pas trop haut, vous dont le fol orgueil
Voudrait du temple saint faire un vaste cercueil,
Puis fouler à vos pieds les encensoirs qui fument,
Et les cierges divins que nos anges allument :
Nous devons du respect à ce grand monument,
Toute main sacrilége aura son châtiment.
— N'y montez pas trop haut, car un jour votre tête
Pourrait bien tournoyer en atteignant le faîte ;
Alors sur cette terre on entendrait un bruit
Comme en fait quelquefois le vent d'hiver la nuit,
Un bruit sourd et confus, gémissement de l'âme
Sans cesse vacillante ainsi qu'au vent la flamme.

Sur la terre maudite on verrait des débris
De corps tout mutilés, on entendrait les cris
De ces agonisants infectés de souillures,
Abandonnés du ciel qui pansait leurs blessures.

## III

Des serpents monstrueux se gonflent sous vos pas ;
Vous prennent corps à corps, se tordent à vos bras,
Jeunes gens soucieux, au cœur gros d'amertume,
Robustes forgerons endormis sur l'enclume :
Déjà l'heure a sonné, le temps est précieux,
Le vautour des forêts entr'ouvre ses grands yeux :
Levez-vous donc ! voyez, le soleil illumine
Le toit de vos maisons, et déjà la famine
Crispe ses doigts et crie aux passants : J'ai bien faim !
Le passant lui répond : Va ! je n'ai pas de pain :
Chacun pour soi, Dieu pour tous : c'est ce qu'ils répondent,
Ces hommes endurcis, mécontents et qui grondent,

Quand, pour ne pas mourir ce bon peuple indigent
Offre ses bras nerveux en échange d'argent.
Ces hommes n'ont pas peur d'un grand coup de tonnerre
Du haut du ciel lancé sur leur tête en poussière :
Leur cœur est fait de bronze et leur tête de fer,
Ils ont été chassés du ciel et de l'enfer ;
Leur conscience, hélas ! comme un nègre d'Afrique,
Ils la font comparaître à l'enchère publique ;
Car ses cris importuns troublent leur liberté,
Ses conseils blessent trop leur orgueil éhonté.

## IV

J'abrite sur l'autel la poésie antique,
Débordante de sève, au feuillage mystique !
Traçons sur le papier des mots bien chevillés,
Sortis d'un cœur honnête, en cuivre bien doublés.
Nous voulons extirper de notre esprit malade
Ces mots vides de sens, ces vains mots de parade,

Qu'un siècle corrompu trop longtemps a nourris.
— En un coin de ta lèvre, homme vain, tu souris ;
La nuit, chère à ton cœur, te couvre de son ombre ;
Comme la nuit aussi, dans toi tout est bien sombre.
Nous, nous aimons le jour ! — Je viens, ami du beau,
Confiant dans ma cause, arborer mon drapeau ;
Je viens, sûr de l'appui des cœurs chauds et vivaces,
Des cœurs où l'on retrouve encore quelques traces
D'un légitime orgueil ; je viens jeter mon fiel
Sur tout être méchant, et répandre mon miel
Sur l'enfant généreux, ami de la droiture,
Conduit par le devoir dans une route pure.

19 Juillet 1840.

# XXXI

## L'ÉCLAIR.

Quelque chose de grand parmi nous se révèle,
L'idée avec beauté sur l'enclume étincelle ;
Chacun fort de son droit, fort de la vérité,
Démasque en plein soleil la laide fausseté.
Allons, mon pauvre Job, roule-toi sur ta paille,
La justice est pour toi, qu'importe qu'on te raille !

Sois ferme et vois venir sans peur ton corbillard,
Et que vers Dieu toujours s'élève ton regard ;
Fais boire à tes enfants, à leur si bonne mère,
Le nectar de ta coupe et non la lie amère :
La lie est ton partage, et Job, tu sais pourquoi;
Ainsi, sans murmurer, bois-la vite et tais-toi.
Du siècle tu résous le ténébreux problème :
Se donner à son frère et mourir à soi-même.

23 février 1811.

# XXXII

## LE PROLÉTAIRE.

### I

La lutte est engagée et la force brutale,
Impuissante au combat comme un trépassé râle :
L'obéissance est reine ! Hommes, écoutez Dieu
Au dessus des cités, dans la foule, en tout lieu,
Qui, dans sa majesté, dans sa toute-puissance,
N'annonce qu'un seul règne, et c'est L'OBÉISSANCE !

Partout se fait entendre avec étonnement
Les pas sûrs du progrès vers l'accomplissement
Des lois de la nature et des œuvres divines ;
Partout la même ardeur dans toutes les poitrines,
Et dans ces temps maudits, l'artisan plus heureux,
Sent le rayon céleste inonder ses cheveux.
Grâce à votre bonté, Dieu de miséricorde,
Si la sève en nos cœurs à flots pressés déborde ;
Si prêts à défaillir, nos corps, nos pauvres corps,
Sentent se ranimer, s'agiter leurs ressorts,
Gloire, gloire à vous seul ! Vous êtes la lumière,
Vous êtes la richesse et nous, nous la misère ;
Vous nous donnez la force et nous, nous vous donnons
Notre faiblesse : c'est tout ce que nous avons.
Comme l'oiseau chanteur sur l'arbre après la pluie
Qu'un vent léger balance et que la feuille essuie,
Le poëte plus gai fait entendre son chant,
Quand l'inspiration au sourire charmant

Descend, descend du ciel ainsi qu'une colombe,
Ainsi qu'un chaud rayon sur une froide tombe.
Alors tout chante aussi, les prés, les monts, les bois,
C'est un concert divin, de ravissantes voix.
Comme le jardinier, le poëte aussi sème
Sa graine qu'il arrose avec un soin extrême;
Et le poëte aussi sous l'arbre printanier,
S'attriste tout le jour comme le jardinier,
Quand l'insecte méchant ou la taupe sournoise,
Cachés sous le sillon, tous deux se cherchant noise,
Rongent sa graine en fleur, éclose au beau soleil,
Jaloux qu'ils sont de voir son air frais et vermeil.
Quelquefois à s'enfuir trop tard on se dépêche,
Alors le laboureur du tranchant de sa bêche,
Fait succomber la taupe et l'insecte imprudents,
Qui voulaient ainsi vivre à ses frais et dépens.

## II

Ah! s'il est un martyr, c'est bien le prolétaire,
Chaque jour il gravit l'escalier du Calvaire,
Silencieux et sourd aux échos du dédain,
Grossissant, grossissant toujours dans le lointain;
Chaque jour il gravit cette côte âpre et dure;
Des gouttes de sueur sillonnent sa figure,
Et sur ses nobles traits, pleins de mysticité,
Voyez quelle grandeur, quelle sérénité!
Il a, semblable au Christ, un manteau d'écarlate,
Aux Juifs il est livré par ordre de Pilate,
Pour être flagellé, broyé, meurtri, sifflé,
Tandis que le pouvoir aux Chambres assemblé,
Barbote aveuglément en des questions vaines,
Débordantes d'oubli des misères humaines.
De ses trop larges flancs hier on vit surgir,
Un bill anti-chrétien qu'on entendit mugir,

Lequel, tout écumant, aux allures sauvages,
Défend à l'étranger d'aborder nos rivages.
Mais au nom du malheur, dans l'âme du chrétien,
S'élève le devoir comme un ange gardien!
Et peuples! vous savez que la courbe faucille
Du poëte indigné tranche l'œuvre inutile,
Et s'inquiète peu des hommes que le vent
Du péché, dans les airs, fait tourner en passant.
Elle frappe l'idée et non les os de l'homme :
Le pommier reste intact, mais elle abat la pomme.
Et vous savez aussi qu'un poëte-soldat,
Sous vos ordres puissants, doit marcher au combat.

III

Les voyez-vous venir ces pauvres en guenilles,
Partis de leurs pays pour visiter nos villes,
Assurés d'y trouver un appui fraternel,
Plus d'indulgence, et moins d'intérêt personnel.

Dans nos ports, le navire a reployé ses voiles ;
Au dessus de leur tête un ciel semé d'étoiles
Semble se réjouir ; tout sourit autour d'eux,
Et dans leur infortune ils sont encore heureux ;
Les voyez-vous venir, rayonnants d'espérance,
Dans ce pays naguère ému d'indépendance,
A cette heure asservi, traînant dans le ruisseau
Les restes glorieux de son jeune drapeau ;
Ce pays, autrefois, si plein de sa victoire,
De cartouches encor la bouche toute noire,
Aujourd'hui combattant, non pour la liberté,
Mais pour l'obscur cachot de la captivité.
Sans doute ont-ils quitté forcément leur patrie,
Par l'insulte et l'affront l'âme toute flétrie,
Peut-être viennent-ils chercher un bras vengeur
Dans notre république ouverte à la douleur ;
Sans doute faim et soif les jettent sur nos rives,
Ils veulent cultiver nos terres productives,

Être moins malheureux, vivre, s'utiliser,
Avoir un toit, un lit le soir pour reposer
Leurs membres engourdis : c'est un droit légitime,
Un droit sacré pour tous, le restreindre est un crime.
Le pays indigné rejette toute loi
Qui cadenasse en lui le trésor de la foi,
Toute loi qui tendrait à détruire la flamme
Qui fait aimer le frère et que frère on réclame.
La loi de Dieu remplit tous les cœurs des humains,
Elle y grave ces mots : Frères, pressez vos mains !
Le peuple désormais n'accepte que l'idée
Dont la source est en Dieu, mais non celle émanée
De l'intérêt étroit, privé, matériel,
Eclose sur la terre et qui n'a rien du Ciel;
Ce qu'il veut aujourd'hui, c'est la réforme large,
Il ne veut point avoir toujours, toujours la charge
D'une société d'égoïsme et de cens
D'inégalité pleine et d'abus incessans.

## IV.

Celui qui vous creusa, beau fleuve d'Amérique
Au murmure si doux et si mélancolique,
Vous creusa pour nous tous! Votre auteur n'a point dit :
Mon fleuve est pour tel peuple, à tel autre interdit.
Passez et repassez sur son eau poissonneuse,
Vaisseaux à la voilure enflée et gracieuse ;
Oui, frères, venez voir notre patrie en deuil,
Et vous y recevrez un cordial accueil.
Le cœur sous vos haillons fait jaillir sa lumière,
Les plus nobles élans naissent de la misère.
Au banquet de l'Etat venez rompre le pain,
Venez! Un peuple ami vous tend déjà la main.

1841.

## XXXIII

## LE PROGRÈS.

Le progrès, le progrès ! — voilà notre croyance
Qui nous fait palpiter d'espoir et de fierté ;
Qu'il est beau dans sa marche! il rayonne, il s'avance
Et nous montre de loin un ciel de liberté.

Quel est son ennemi ? la puissance craintive
D'hommes tout vermoulus, sapeurs peu vertueux

Dont la hache ébréchée, en leur main maladive,
Cherche en vain à couper ses jets si fructueux.

Le progrès ! on le voit, toujours la tête haute,
Verser sur son chemin la poésie en fleur
Pour les pauvres humains qui souffrent par la faute
Des singes au pouvoir dont ils ont vraiment peur.

Il a je ne sais quoi dans son allure austère
Qui révèle à notre âme amour, gloire et repos ;
Son langage brillant éclaircit tout mystère,
Comme le Christ il porte une croix sur le dos.

Le peuple avec respect devant lui seul s'incline :
C'est son libérateur à l'œil simple, au cœur chaud,
Qui toujours au combat montra large poitrine !
Pour le progrès le peuple irait à l'échafaud !

Le regard du saint peuple aussitôt s'illumine
Au seul nom du progrès, car il est son salut ;
C'est là qu'il va puiser dans cette riche mine
La force qui bientôt doit le mener au but.

Allons donc, guichetiers de nos prisons malsaines,
Jetez vos clefs au vent, que vos cachots ouverts
Etalent au soleil les misères humaines :
La cloche du progrès sonne dans l'univers !

Potences et bourreaux, disparaissez du monde,
Assez, assez de sang, vous devez être las ;
Ecoutez : dans les airs est une voix qui gronde ;
C'est la voix du progrès, ne l'entendez-vous pas ?

Notre sang est pour lui, que pour lui seul il coule !
Place, place au progrès, ministres criminels :

Le voilà donc enfin qui fait rendre à la foule
Son droit, sa liberté, volés sur leurs autels.

25 décembre 1841.

## XXXIV

### A ÉLIZA.

Je veux t'écrire en vers ; notre prose est sans grâce,
Elle est laide, elle est vieille, et sa bouche grimace.
La prose de nos jours a l'aspect d'un linceul,
Pour compagnon, le doute, et pour lit, un cercueil ;
Elle puise sa verve en de folles orgies,
Roulant sur le parquet bouteilles et bougies ;

De sa poitrine infecte il sort un vent malsain;
Pour elle, je n'ai plus que mépris et dédain.

La blanche poésie au contraire est pieuse :
J'aime sa grande voix, sa voix religieuse
Qui révèle à notre âme une immortalité,
Un monde de grandeur, d'amour et de beauté.

Eliza, si jamais le ciel me fait poëte,
Ma couronne est à toi, je la veux sur ta tête :
Tu l'auras méritée, en veillant au bonheur
De notre enfant chéri, qui porte un noble cœur;
De cet enfant que j'aime, et dont l'âme sensible,
Tranquille comme un lac, endormie et paisible,
Hélas! dans ce monde, aura bien à souffrir,
Car le méchant qui veille est là pour tout flétrir.
Si Dieu me le conserve avec sa bonne mère,

Tous deux je les verrai du combat, je l'espère,
Revenir glorieux : guidé par le devoir,
Le ciel bénit toujours celui qui cherche à voir.

## XXXV

# Les Heures sérieuses

## d'un Jeune Homme

PAR CHARLES SAINTE-FOI.

(*SONNET*).

Tout livre qui surgit de la foule inquiète
Ayant un caractère aimable, vertueux,
Le poëte à l'auteur doit quelques vers pieux,
Un sonnet fraternel pour couronner sa tête.

La volonté fléchit sous la douleur secrète,
Plus de nobles élans bien consciencieux,
Depuis l'ascension de Jésus dans les cieux ;
A le redemander nulle voix ne s'apprête.

Et le vice toujours grossit dans notre cœur
Sans qu'on ose approcher un humble confesseur,
Une âme dans laquelle on épanche sa vie.

Cœurs malades, lisez l'œuvre de Sainte-Foi ;
L'amour pur du SEIGNEUR y règne avec SA LOI :
Un intérêt direct, amis, vous y convie.

20 novembre 1841.

## XXXVI

### Les Souvenirs et les Regrets d'un Père

parti pour la France.

Ils étaient tous les deux sur le bord du palier,
Émile, cher enfant, au frais petit soulier,
M'avançait avec grâce une bouche rosée
Pour que ma bouche aussi, sur la sienne posée,
Lui laissât une part de l'adieu paternel.
Émile ! quel doux nom ! bien plus doux que le miel

Que les plus belles fleurs recèlent. — Mon Émile,
Mon enfant, je le sens, vous m'étiez bien utile ;
Je suis triste sans vous, mon être est incomplet.
J'aimais tant à vous voir jouer sur le parquet,
Hasarder en tremblant une marche craintive,
Quelquefois assurée et souvent trop active ;
Mais alors malgré moi je vous tendais les bras
Comme pour rassurer vos jeunes petits pas :
Et j'étais bien heureux de vos espiègleries ;
Pour papas et mamans ces choses sont jolies,
Et nous trouvons fort beaux ces détails enfantins
Pleins d'heureux souvenirs, ineffables, divins ;
Car comme vous aussi nous eûmes notre enfance,
Nous vivions comme vous de lait et d'espérance,
De rires et de jeux mêlés de larmes d'or,
Larmes de Paradis ; car à votre âge encor
On est pur, sans péchés, pur comme l'eau qui coule
Dans la verte prairie et dans sa course roule

Nombreux petits cailloux jolis et scintillants,
Symbole de vos pensers qui sont toujours charmants.
Vous savez exprimer tout dans un seul sourire ;
C'est un livre angélique où nous aimons à lire ;
C'est pourquoi le Seigneur dans sa grande bonté
Mit les enfants au monde empreints de sainteté,
Afin de révéler à notre âme attendrie
La foi, fille du ciel ; l'amour, don de Marie.
Eugène est le premier qui me vint d'Éliza :
Mon frère est son parrain, ma mère Louisa
Sa marraine. Je dois, à mon retour de France,
Lui porter un cheval en bois qui se balance
Comme *Taglioni*, navire gracieux,
A la course rapide, aux flancs harmonieux......
Écoutez-le ! voyez, voyez ces blanches voiles
Se mirant dans la mer toute pleine d'étoiles,
Que la vague écumante emporte en se berçant ;
La pâleur de la lune oscille mollement

Sur ses larges sabords, tout le long des cordages,
Puis les gais matelots, amoureux des voyages,
Entonnent leur refrain au dessous du ciel bleu
Qui cache aux yeux du corps le seul grand maître, Dieu.
Tenez, mes bons enfants, je n'ai pas l'âme gaie,
Votre mère et vous deux, seuls trois amis que j'aie,
N'êtes plus près de moi ; vos six yeux m'inspiraient.
J'avais en me levant les deux miens qui pleuraient
Ce matin ; — je pleurais ! — Oh ! mes chers petits hommes
Dites, vous le savez, dites ce que nous sommes ;
Le royaume de Dieu vous l'avez dans vos cœurs,
Dieu révèle aux enfants le mystère des pleurs.
L'homme est souvent voilé par le bandeau du doute,
Il lui faut votre foi pour lui montrer la route.
Mes enfants, mes enfants, je suis seul et j'ai peur,
Comme si pour jamais avait fui le Seigneur.
Je prie, IL ne vient pas ; puis mon âme attentive
Écoute : mais hélas ! j'entends la mer plaintive,

La mer qui vient mugir aux flancs noirs du vaisseau,
Tandis que je sommeille en mon petit berceau.
Priez Dieu, mes enfants, priez pour qu'il revienne,
Que votre aimable voix près de moi le ramène ! ! !

31 décembre 1841, à bord du *Taglioni*.

## XXXVII

### SONNET.

S'il est un ennemi que je hais, c'est bien moi !
Quand l'âge de raison éclaira ma pensée,
Mon âme était déjà du démon caressée :
Car jusque-là ma vie avait été sans foi.

Je compris qu'il fallait obéir à la loi
Que le Christ adorable en nos cœurs a versée :

Mon existence alors si longtemps abaissée,
Fit peine à Dieu qui dit : Démon retire-toi !

Aussitôt mes regards furent pleins de lumière
Dans mon être pieux, cathédrale en prière,
Descendit doucement la bénédiction :

Mais Dieu tente toujours dans ses décrets utile
Ses enfants bien-aimés, pour les rendre dociles,
Et le progrès jaillit de la tentation.

1841.

# XXXVIII

## LA VOIX.

Quand le ciel, les démons,
quand tous devraient crier :
Honte sur moi ! je parlerai.

SHAKSPEARE.

### I

Jétais dans la forêt seul avec ma pensée,
Car ma foi par le monde avait été blessée ;
Dans l'oubli du passé je reposais mon cœur,
Qu'agitait avec force une grande douleur ;

La brise voltigeait au-dessus de ma tête,
M'apportant des parfums que le monde rejette ;
Quand sortit tout à coup des profondeurs du bois
L'immensité de Dieu dans une immense voix,
Et la voix fit entendre, ô prodige ! ô merveille !
Ces mots si consolants : « Peuple, prêtez l'oreille !
« Le vice est orgueilleux, la vertu le sera :
« Combat de deux orgueils dont l'un triomphera ;
« Ils auront pour témoins et pour champ de bataille
« Les cieux illuminés, l'univers qui tressaille.
« Il n'est point question d'un vil combat de chair,
« Mais du combat d'esprit le seul qui me soit cher :
« Là, nul sang n'est versé, car le sang est ma vie ;
« Que votre âme à ma loi, mortels, soit asservie.
« Déjà l'heure a sonné, les champions hardis,
« Sublimes exilés d'un riant paradis,
« S'élancent dans l'arène, et j'attends la victoire
« Et les cris du vainqueur pour le couvrir de gloire. »

II

Toujours la grande image apparaissant au loin,
Toujours la voix d'en haut dont nos cœurs ont besoin!
Courage, enfant, courage, au fort de la tempête,
Fais obéir la vague et relève la tête!
Que semblable au grand mât d'un vaisseau naufragé,
L'esprit s'élève en roi sur le corps submergé,
Garde-toi de faillir à ta mission sainte,
La foi lutte sans cesse et foule aux pieds la crainte,
Marche! c'est en marchant que l'on atteint son but,
Et pour marcher il faut surmonter le rebut.
Vois tous ces grands guerriers, ornements de l'histoire,
Combien leur coûte cher l'amour de la victoire!
Ils ont donné leurs jours, et leurs nuits, et leur sang
Pour défendre leur droit qu'un pouvoir arrogant
Cherche en vain à courber, traîner dans la poussière;
Mais le droit n'est pas chair, le droit n'est pas matière,

C'est une flamme ardente, et celui qui voudrait
La saisir, aussitôt sur le sol tomberait :
Tout plein d'enseignements, le passé formidable
Fait entendre les cris du peuple redoutable ;
Bastilles et palais il a tout renversé,
Sous la balle lui-même il tomba fracassé,
Mais dans son agonie on entendait encore
Ce beau chant qui chantait le drapeau tricolore.
Alors il était beau de voir tous ces lutteurs,
Des champs et du foyer sublimes déserteurs,
Allant reconquérir leur liberté première,
Qu'un ennemi despote embourba dans l'ornière ;
Alors, la pique en main, athlètes courageux
A la poitrine nue, aux membres musculeux,
Ces hommes respectés, dans leur audace extrême,
Comme verre, broyaient rois et leur diadème,
Voilà ce qu'ils faisaient, voilà ce que feront
Tous ceux que l'on opprime et que l'on marque au front

C'est justice ! tremblez, pouvoir sans énergie !
Votre principe faux vous pend en effigie !
La génération qui s'élève aujourd'hui
Sous l'étendard du *vrai* trouve un meilleur appui.
Elle avance hardiment et jamais ne tâtonne ;
Le combat est sa vie et la foi sa couronne.
Sa maxime n'est pas : mangeons, buvons, dormons,
Comme font dans les champs les troupeaux de moutons ;
Elle a pour ce qui passe un mépris magnifique,
Et son œil est fixé vers le ciel électrique,
Immense réservoir d'amour et de grandeur
Dont elle tient la clef dans ces jours de malheur.
Qu'on reconnaisse enfin dans cet élan sublime
Les seuls cœurs palpitants d'un amour légitime,
Et que l'on mette à part tous ces *gens d'entre-deux*
Dont nous parle Pascal, cet homme vertueux.
La génération ne veut point de barrière ;
Ainsi donc, rangez-vous ! gens indécis, arrière !

Oui, vous, gens indécis, indulgents par calcul,
Dont l'insigne mérite est celui d'être nul !

III

Il est dans cet état, il est dans cette ville,
Une caverne noire où l'audace pétille,
Une institution regorgeante d'argent,
Une banque étrangère au peuple agonisant ;
Sous un masque infernal elle cache ses vices,
Elle échappe aux regards de nos lois protectrices ;
Orléans est son siége et l'Etat son engrais,
Et quand son coffre-fort, plein d'or Louisianais,
Dans sa lourdeur extrême en la voûte déborde,
Orléans aussitôt, livrée à la discorde,
Voit sillonner là-bas sur le fleuve écumeux,
Un navire escorté d'un bateau tout fumeux ;
Et ce navire emporte au loin cette richesse,
En dépit du pays réduit à la détresse.

Février 1841.

## XXXIX

## La Révélation.

Le peuple reconnaît un MAITRE en trois personnes.
Sur les toits indigents, sur les coussins des trônes
Il LE va proclamant.
A l'homme le Seigneur jeta l'arbre et sa sève,
L'homme à son tour LUI jette un beau front qu'il élève
Au très-haut tout-puissant

Ton maître, quel est-il ? Pour qu'on le reconnaisse,
Quel signe porte-t-il ? — C'est à toi que s'adresse,
SATAN, la question.
Le nôtre, tu le sais, est juste et magnanime ;
Pour racheter le monde il s'offrit la victime :
Son signe est : UNION.

Notre croix, c'est sa croix, notre loi, c'est la sienne :
Sa loi qui fait sortir d'un gland l'énorme chêne,
Mais progressivement :
L'homme est enfant d'abord, toutes les grandes choses,
Dans le vaste univers au chaud soleil écloses,
Se font pareillement :

Au bord de l'horizon paraît une lumière,
Ainsi qu'on voit au loin, le long de la clairière,
Une flamme qui fuit :

C'est la lune amoureuse aux formes virginales,
Et la forêt accueille en notes triomphales
La reine de la nuit.

Tout ce qui monte au ciel est sorti de la tombe
Pour redescendre ainsi qu'une blanche colombe
Sur nos fronts radieux.
Quand JÉSUS descendit sur la VIERGE MARIE,
C'est en langues de feu, brillant de poésie,
Qu'il descendit des cieux.

L'humanité s'apprête à déployer ses ailes !
Sur ORLÉANS bientôt des gloires éternelles
Brilleront noblement.
L'homme sanctifiera les regards de la femme,
On entendra chanter l'union de leur âme
Dans un concert charmant.

Il te faut, mon pays, des organes austères
Pour te représenter dans ces temps de misères ;
D'honnêtes magistrats,
De pieux rédacteurs, martyrs de la patrie,
Des hommes, en un mot, poursuivis par l'Envie
Jusque sur leurs grabats.

Toi que j'aime, ORLÉANS, lève ta jeune tête,
L'ami le plus brûlant fut toujours le poëte!
Espère et ne crains rien ;
A toi sont mes labeurs, à ta famille entière,
Et pour veiller sur toi, là haut, ma cité fière,
Est un ange gardien !

# LE LAZARE

✧

## SONNETS

dédiés à Mad. Eugène Leblanc née Moussier,
ma femme et amie.

EUGÈNE LEBLANC.

I

# JÉSUS-CHRIST.

Je crois en vous, Jésus, mon divin Rédempteur,
Le Fils de Dieu le Père, ô vous sauveur du monde,
Piscine intarissable, ô charité profonde,
Immensité d'amour, esprit consolateur!

Jésus guérit l'aveugle et pardonne au pécheur :
A la femme adultère où l'amertume abonde,

Pauvre nef sans boussole au loin flottant sur l'onde,
Il dit : « Ne péchez plus. » — Béni soit le Seigneur !

Marthe et sa sœur Marie un jour pleuraient leur frère
Mort depuis quatre jours. « Levez, dit-il, la pierre.
« *Lazare*, viens dehors ! » — Le mort sortit soudain !!!

Voyez-vous cette croix de sang pur ruisselante ?
C'est d'un homme cloué la sueur abondante :
JÉSUS DE NAZARETH MEURT POUR LE GENRE HUMAIN !!!

20 octobre 1841.

## II

## MARIE.

Comme un beau jour d'été, pour vous mon amour brille,
Grand, car il est petit, et fier tant il est doux :
Moins naïf est l'enfant, l'hiver, sur les genoux
De sa bonne maman près du feu qui pétille.

Votre âme est un jardin où sourit la jonquille,
Esprit, beauté, vertu, s'y donnent rendez-vous ;

Oiseau de paradis amoureux et jaloux,
Je viens mêler mon vol à l'essaim volatile.

Lorsque s'étend un lac en immense miroir,
Chaque objet à l'entour se penche pour s'y voir
*Marie* est cette eau claire où notre foi s'incline.

Oh! mère de *Jésus*, femme de bon secours,
Répandez aujourd'hui, demain et puis toujours,
Dans mon être fervent une flamme divine.

13 novembre 1811.

## III

## SAINT JEAN.

Lorsque la foudre éclate, et que l'éclair sillonne
L'espace illuminé si magnifiquement,
L'arbre de la forêt, agité par le vent,
Se courbe, et son feuillage humide à l'air frissonne.

Quand au dedans de nous l'amour plus ne rayonne,
Que notre foi s'envole impitoyablement,

Le cœur endolori s'entr'ouvre en un moment,
Et plie ainsi que l'arbre où l'orage résonne.

Merveilleuse agonie! Ineffable douleur!
Oh! saint Jean bien aimé, parlez-nous du *Seigneur*,
De *Jésus* qui souffrait au jardin des Olives.

A ce siècle incrédule, ô Jean! dites ces mots :
« ECCE MATER TUA. » — Que les mers et leurs flots
Harmonieusement les proclament aux rives!!!

29 octobre 1841.

IV

# JOSEPH.

Il n'est permis qu'à Dieu d'emprisonner la chair,
De borner l'horizon de notre âme immortelle :
Et pourquoi le pouvoir, cet apostat rebelle,
A-t-il cherché, Joseph, à t'ôter un peu d'air.

On a traité ton cœur comme un vrai cœur de fer,
Et tes frères ont dit dans leur haine cruelle :

Il ne connaîtra pas l'amitié fraternelle
Ce rayon de la vie à ta bonté si cher.

Ce que l'homme refuse à l'homme, Dieu le donne :
Sur ton front radieux il mit une couronne,
Et te proclama prince avec de beaux palais.

Et quand vinrent ceux-là qui te vendirent, frère,
Sur ton cœur généreux tu pressas leur misère,
Joseph, en leur disant : — « Frères ! allez en paix. »

## V

## MOISE.

Les yeux mouillés de pleurs, il criait, pauvre enfant,
Exposé sur le Nil, seul, dans une corbeille,
Attendant quelqu'appui : sa joue était vermeille,
Le ciel le destinait à devenir puissant.

Dieu se fait voir à LUI dans un buisson ardent
Qui sans se consumer, brûlait : quelle merveille !!!

Suprême allégorie où gloire sans pareille
Apparaît radieuse aux élus seulement.

Mortels ! reconnaissez ici la Providence,
Dont les riches présents surpassent l'opulence
Des empereurs et rois qui gouvernent la terre.

Gigantesque témoin de magnifiques choses,
Tout palpitant encor des TABLES grandioses,
Sinaï !... le chrétien bénit ta cime altière !..

18 novembre 1841.

## VI

## S. JEAN CHRYSOSTOME.

Basile, intime ami de saint Jean Chrysostome,
Avait persuadé son ami de venir
Au PONT, pour y goûter l'immortel avenir
Qu'anticipe la foi dont Dieu fait grâce à l'homme.

La mère de saint Jean, femme excellente comme
Notre mère commune, en le voyant partir

Conçut un grand chagrin, et pour le retenir
Lui dit : « Oh! mon enfant, vous êtes mon seul baume! »

Saint Jean ne pensa plus au voyage lointain,
Et la mère et le fils se pressèrent la main :
Aimable attachement, mystère d'harmonie!

Quel spectacle divin! amour digne des cieux!
Beau couple ravissant qui sourit à nos yeux,
Plein de sublimité! quelle union bénie!

18 octobre 1841.

## VII

## SAINT BASILE LE GRAND.

C'était l'ami de Dieu. — Sur le sommet d'un mont,
Tout plein de colibris aux plumes émaillées
Qui se jouent dans les fleurs et les vertes feuillées,
Il allait méditer dans le pays de Pont.

La Bible était son livre ; et les anges en rond,
Célestes messagers, bouches émerveillées

Qui ne parlent du ciel qu'aux âmes éveillées,
En joyeux chérubins voltigeaient sur son front.

Enfants qui grandissez, aimez bien saint Basile ;
Le soir au coin du feu, comme on lit l'Évangile,
Lisez son oraison au préfet Modestus.

Nourrissez votre esprit d'amour impérissable :
L'arbre est bien vite sec, et le pied sur le sable,
Par la brise effacé, bientôt ne se voit plus.

16 octobre 1841.

## VIII

## SAINT AUGUSTIN.

J'aborde avec respect cette antique figure;
Je suis encor tout plein de douce émotion,
O très saint Augustin, de ta conversion:
Ce duo du Seigneur avec sa créature!!!

Oh! non, rien de plus beau dans l'entière nature,
Que le combat de l'homme avec sa passion,

Qui, foulant sous les pieds toute hésitation,
Vole enfin vers son Dieu guidé par la foi pure.

De la matière épaisse ainsi débarrassé,
L'esprit voit le présent, l'avenir, le passé,
Comme l'œil aperçoit le soleil qui l'éclaire.

Libre il franchit le seuil d'un monde décrépit,
A la droite du père, auprès de Jésus-Christ,
Il rayonne ainsi qu'eux au divin sanctuaire.

5 novembre 1841.

## IX

## ATHÉNAGORE.

Déjà le temps approche où les morts endormis
Dans leur réduit obscur vont sourire à la vie ;
Le père tout puissant et le fils de Marie
Puniront ce jour-là leurs lâches ennemis.

Le ciel pur s'ouvrira pour ceux aux cœurs soumis,
Ainsi que le cyprès à la feuille jolie,

Un amour toujours vert dans leur âme bénie
Versera des trésors sur des autels amis.

Ta RÉSURRECTION est vraie, Athénagore !
Quel style rayonnant, doux et persuasif,
Frais comme l'horizon au lever de l'aurore !

Sur l'angle des tombeaux vient jouer la lumière;
Dors en paix, Athénien ! — Le temps est fugitif :
Bientôt doit retentir la TROMPETTE DERNIÈRE ! ! !

3 novembre 1811.

# X

## TERTULLIEN.

L'écho des jours enfuis répète dans l'espace
Tous les noms des martyrs du beau monde chrétien,
Et l'on entend vibrer le grand nom Tertullien
Comme un bruit d'Océan quand un navire y passe.

Son esprit a laissé sa lumineuse trace,
Esprit révélateur qui nous élève au bien ;

Ouvertement toujours il fut le fier soutien
De la loi de *Jésus* débordante de grâce.

Son Apologétique est encore présent
A notre souvenir, comme un frais monument :
L'homme se souviendra toujours des choses saintes.

La vérité qu'il aime, il la cherche partout ;
Miel enivrant du ciel, dont il connaît le goût,
Et pour lequel sans cesse il souffrira sans plaintes.

11 octobre 1811.

## XI

## MILTON.

Ton Paradis Perdu, grand Milton, est sublime.
Que ton génie est fort; que tu sens bien le beau!
Oh! quel enfantement, magnifique cerveau!
Quelle création! quel SATAN! quel abîme!

Montagne aux larges flancs, sur ta très haute cime
J'aime à venir poser comme une aile d'oiseau

Mon esprit voyageur ; à chanter au berceau
D'Ève et d'Adam contrits la pitié qui m'anime !

Poëte austère et grave, enfantin, gracieux,
Qui fit naître en ton cœur le dédain glorieux
Et l'humilité belle en ton âme superbe ?

Le Seigneur ! n'est-ce pas ? pendant que tu dormais ?
— Sur ton front Dieu vint seul un soir que tu rêvais
Inscrire en lettres d'or : « SOIS GÉANT, PETITE HERBE. »

12 octobre 1840.

## XII

# LE PÈRE ANTOINE

## DE SEDELLA.

J'aime à fouiller la cendre où la vertu sommeille.
Mon âme est satisfaite, et je me trouve heureux
Quand j'ai fait un sonnet pour quelque mort pieux,
Dont le regard sur nous dans le paradis veille.

Alors, comme au printemps, mon âme s'émerveille,
Mon feuillage frémit au vent capricieux,

Ma branche a des concerts d'oiseaux harmonieux,
Qui de Dieu dans leurs chants parlent à mon oreille.

Avec respect je pose aujourd'hui mes regards
Sur vous, bon père Antoine, ô la fleur des vieillards ;
*Orléans* t'aime encor, vieux prêtre catholique !

Le père de famille assis à son foyer,
L'enfant qui joue au feu pour se désennuyer,
Ont pour toi dans leur âme une hymne évangélique.

19 octobre 1841.

# TABLE.

# Table.

## LE LAZARE.

SONNETS

Dédiés à Madame *Eugène Le Blanc*, née *Moussier*, ma femme et amie.



FIN.

s — J BELIN-LEPRIEUR FILS, 11, rue de la Monnaie.

www.ingramcontent.com/pod-product-compliance
Ingram Content Group UK Ltd.
Pitfield, Milton Keynes, MK11 3LW, UK
UKHW020333230726
13925UKWH00002B/782